AU ROI.

AU ROI

SUR

LE SERMENT A PRÊTER

PAR LES MAIRES

ET AUTRES FONCTIONNAIRES PUBLICS.

Par le Comte

Félix Lepeletier-Saint-Fargeau,

Propriétaire, ex-Maire, ex-Président du Canton de Bacqueville, Seine-Inférieure.

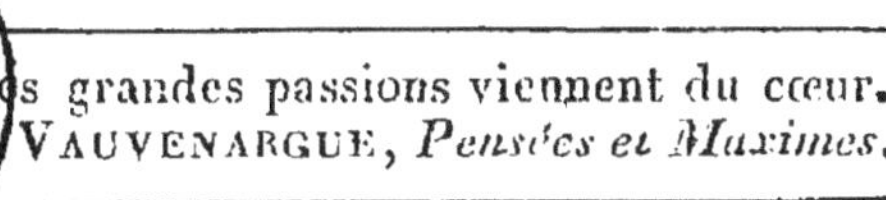

Les grandes passions viennent du cœur.
Vauvenargue, *Pensées et Maximes.*

PARIS,

IMPRIMERIE DE BRASSEUR AINÉ.

1814.

AU ROI.

Sire,

C'est une bien détestable maxime que celle qui veut faire consister la sagesse à dire, suivant les gens, *vive le Roi, vive la Ligue*. Rien ne fut plus éloigné, sans nul doute, de la loyauté et de la vraie sagesse, et je ne sache pas que depuis les temps connus du monde

la morale d'aucun peuple ait jamais érigé l'hy-
pocrisie ou la duplicité en principes.

Quelques publicistes, trop à plaindre pour
de semblables sentimens, ou pour parler plus
vrai, des hommes méprisables, *Machiavel* à
leur tête, ont seuls tenté d'égarer le cœur des
princes et des peuples avec des sophismes
d'une aussi déplorable nature.

Je laisserai à cette fraction gangrenée de
l'humanité cette facilité étonnante de sacrifier
tout ce qui est libéral aux combinaisons funestes et momentanées de tous les intérêts
honteux. Mon langage, Sire, sera celui de la
vérité, et ne se sentira de la présence du
Monarque que par le respect que l'on doit à
un pouvoir constitué.

Je parlerai à Votre Majesté, Sire, le langage d'un ami toujours fidèle de la liberté
publique, pour laquelle la France a tant fait
de sacrifices, et est tombée dans tant d'erreurs.

On aime à penser, Sire, que si vous êtes un
Roi digne d'écouter la vérité, et vous n'appel-
lerez point trame ou rebellion la franchise d'un
Français.

Sire, notre histoire vous est connue : à quelle époque de votre ancienne dynastie la France a-t-elle déployé autant de force et de vertu, et s'est-elle revêtue d'autant de gloire que pendant les vingt-cinq années de notre révolution ? De grandes fautes, de grands écarts sans doute ont aussi signalé ces temps d'enthousiasme et de partis, suite inévitable d'une telle convulsion politique ; mais l'honneur français est resté intact, jusque même en nos derniers temps, lors de l'invasion de son territoire par toutes les puissances de l'Europe armée.

J'en atteste ce que vous avez vu, le courroux magnanime de nos guerriers et de nos citoyens lors de la présence des armées étrangères ans la grande cité, méconnaissant, pour ainsi dire, la grandeur d'âme et la bonté de l'empereur Alexandre.

L'honneur, qui chez les Français, malgré les distinctions de *Montesquieu*, ressemble si fort à la vertu des républiques, l'honneur, qui n'est point les honneurs, l'honneur français est, je le répète, resté intact et irritable : et si votre aïeul, *François Ier*, eût vécu dans ces jours le premier soldat dans nos rangs, il eût encore écrit après les revers : *Tout est perdu hormis l'honneur.*

Et c'est à cette nation, Sire, cependant, à une portion de l'élite de cette nation que vos Conseils viennent offrir de prêter un serment semblable à celui qu'on nous présente en votre nom ! Je le transcris tel que je l'ai rejeté :

Je jure et promets à Dieu de garder obéissance et fidélité au Roi, de n'avoir aucune intelligence, de n'assister à aucun conseil, de n'entretenir aucune ligue qui serait contraire à son autorité ; et si, dans le ressort de mes fonctions ou AILLEURS, j'apprends qu'il se trame quelque chose à son préjudice, je le ferai connaître au Roi.

C'est le sentiment de l'honneur, je l'avoue, Sire, qui se trouve le premier blessé de cette étrange conception : la probité s'indigne ! Comme Français, l'indignation est mon premier mouvement, tandis que le fait de droits politiques lésés ou méconnus, se présentant au moins en même-temps à la raison publique, m'avertirait de les défendre avant tout.

Mais dans le Français tout est sentiment ; il y est supérieur, et c'est ce qui a fait dire de lui *que ce peuple-là porte sa raison dans son cœur*, partage éminent dans la nature humaine !

En matière si grave tâchons d'imposer silence à ce qui entraîne ; analysons et jugeons l'esprit de ce serment que l'on propose aux fonctionnaires publics de la France ; montrons ensuite *les effets* que l'on semble en attendre, et *le but* que l'on paraît avoir.

D'abord, la première conception d'un tel sentiment appartient aux temps les plus funestes de notre histoire : sous Henri III, des ministres, ou plutôt des mignons, fabriquèrent de tels actes. Eh ! quelle époque fut jamais plus féconde en mauvais sentimens ? — Quelles passions du cœur humain les conceptions du pouvoir mirent-elles alors en action ? — Le fanatisme, la trahison, l'assassinat et par dessus tout cela la guerre civile.

Cet acte rappelle encore, et presque textuellement, le serment que l'empereur Napoléon demandait, il y a peu d'années, aux ministres du culte catholique (1), mais à eux seuls, et cela parce que, trouvant des obstacles dans les déterminations du chef de l'Eglise, il cherchait à en déconsidérer les ministres.

La loi de la nécessité l'a fait prêter à des disciples de Jésus, qui, s'il n'était pas le fils de Dieu, serait au moins le meilleur des hommes : gémissons-en pour eux ! Mais qu'a-t-il produit ce serment? Une indignation concentrée et le ferme propos de ne point s'avilir à de telles bassesses. Que l'on me cite l'exemple d'un seul prêtre qui ait été révéler à ce prince ou à ses ministres une seule de ces cent mille pensées généreuses qu'arrachaient

---

(1) Je jure et promets à Dieu sur les saints évangiles de garder obéissance et fidélité au gouvernement établi par la constitution de la république française ; je promets aussi de n'avoir aucune intelligence, de n'assister à aucun conseil, de n'entretenir aucune ligue, soit au-dedans, soit au-dehors, qui soit contraire à la tranquillité publique ; et si, dans le diocèse ou ailleurs, j'apprends qu'il se trame quelque chose au préjudice de l'état, je le ferai savoir au gouvernement.

nos douleurs. Qu'est-ce qu'il a su de tout ce qui depuis trois ans se tramait autour de lui, et que l'on nous révèle tous les jours, contre sa puissance colossale, sourde à nos réclamations sincères et modérées? Rien. Et dans la conspiration du général *Mallet* ne remarque-t-on pas même parmi les *conjurés* un ministre de l'Eglise?

Toutefois ce fut seulement aux prêtres que l'empereur *Napoléon* demandait un pareil serment. Il avait le malheur de juger nos prêtres régénérés d'après les vieilles chroniques de la *Rome* des *Hildebrands*, des *Borgias* et des *Sixtes*, et se figurait que la doctrine de l'obéissance passive pourrait se relever encore au dix-neuvième siècle, comme au temps où *Pepin* envahissait le trône des Mérovingiens. Mais il se garda bien de l'exiger ce serment des fonctionnaires publics. Ce Prince en cela respecta le caractère public. Le serment qu'il leur demandait était juste et simple: *Je jure obéissance aux constitutions de l'Empire, et fidélité à l'Empereur.* En rappelant les droits de la nation il sanctifiait l'autorité.

On distinguait encore dans le serment des

prêtres qu'il embrassait la constitution, et dans celui que l'on nous propose on n'aperçoit pas un mot de la charte constitutionnelle.

Quoi, Sire, on a pu vous faire demander à des maires français, dont les fonctions sont toutes paternelles, sans autre rétribution que la couronne civique et l'honneur, de se constituer des agens de police à délation ! Quoi ! lorsque la foi, la bienveillance et la persuasion sont les moyens les plus puissans dont son institution dote l'autorité des maires, on peut proposer à ces magistrats d'aller trahir leurs administrés, soit dans l'exercice de leurs fonctions , soit ailleurs ! Et cet horrible *AILLEURS* n'a-t il pas le droit de faire reculer d'épouvante !!!

Sire, des familles sont réunies ; l'estime et la reconnaissance y appellent souvent le magistrat de la commune : c'était un père que l'on y attendait....... maintenant à sa vue on dira : Prenez garde ; voilà *l'espion ! ! !* Et cet horrible *ailleurs* semblera empreint sur le front des maires, comme ces marques de réprobation qui se voyaient sur celui de ce *Caïn,* le premier des fratricides.

L'art de la police a donc fait de bien grands pas ! On sait que jadis un homme d'honneur se plaignait à un ministre de ce qu'il employait pour sa police des gens vils et criminels : Eh, monsieur ! lui dit l'homme en place, que voulez-vous que nous fassions ? les gens honnêtes prendraient-ils de tels emplois ?

Sire, hélas ! « il se trouvera *toujours dans* « *tous les temps de ces* Anites, *de ces Ti-* « *gellins qui vous diront : Seigneur, quel* « *est l'homme de bien qu'il faut vous sa-* « *crifier ? Ils se sont dit : Que nous importe* « *la honte, pourvu que l'on nous paie, et que* « *l'on nous gratifie..... »*

Que vos ministres, Sire, emploient ces fléaux puisqu'ils sont inhérens à notre vieille corruption ; mais pour Dieu, Sire, défendez, sauvez vous-même, et laissez pure et honorable cette magistrature toute bienveillante de maires des communes.

En opposition à des condescendances si basses, voici ce que doivent faire des maires en faveur de l'autorité qu'ils ont juré de défendre :

(14)

Si des propos échappent à des malveillans ou à des fous, ils doivent les admonéter ou les éclairer.

Si des trames ont lieu, ils doivent les paralyser par leur fermeté.

Si des troubles éclatent, se couvrir de leur écharpe, faire respecter la loi, ou mourir à leur poste, voilà ce qu'on doit demander à des maires. Mais de l'espionnage!!! mais des délations!!!

J'ai dit en commençant, Sire, que ce serment, répugnant à la conscience privée et publique, portait surtout avec lui le caractère de droits politiques lésés et méconnus.

En effet, sous quel aspect distinctif se fait-il remarquer? Consacré tout entier au pouvoir royal, on n'y voit que lui; il n'y a pas un mot de la charte constitutionnelle, ni de garantie pour la liberté publique et la loi.

Mais le serment des fonctionnaires publics ne pouvait-il pas faire partie de la charte, ou tout au moins ne devrait-il pas être l'objet d'une loi débattue, résolue aux deux chambres; et, devenant par cette voie une garantie essentielle de l'autorité royale, n'en serait-il pas une non moins puissante et auguste de la liberté publique et de la charte constitutionnelle ? L'erreur dont il se compose tout entier est trop forte, est trop évidente pour rester indifférente à vos yeux et à ceux de nos deux chambres législatives : elles penseront sans doute que le serment des autorités ne doit pas moins embrasser la fidélité aux constitutions que la sûreté de la dynastie.

Il y a, Sire, dans la confection de ce serment oubli formel des droits publics ; il manque de la véritable force qu'il doit avoir ; il pêche par son essence, et par conséquent perd sa puissance politique et religieuse.

Sire, il est la plus déplorable conception d'une partie du ministère actuel.

J'ai prouvé qu'il était avilissant et immoral.

Que dans le premier cas il est une insulte pour les Français : il tendrait aussi à détériorer le caractère national.

Que dans le second cas on a droit de croire qu'il ne sera pas observé ou ne devrait pas l'être : alors il devient au moins inutile.

J'ai prouvé que s'il est des fonctions à

l'esprit desquelles il est entièrement opposé, c'est précisément à celles de maires, magistrature toute paternelle, toute de foi, et qui doit être le sanctuaire inviolable des consciences des familles et des cités.

Sire, il me reste maintenant à faire voir les effets d'un tel serment, et quel but se propose la portion de votre ministère à qui l'on attribue un tel acte.

Il est aisé de pénétrer que l'on ne fabrique pas un tel œuvre sans avoir des desseins et des vues ultérieures. Une chose aussi grave et aussi importante que la religion du serment ne se jette à l'aventure ; on sent bien toute son influence et sur ceux qui le prêtent et sur ceux contre qui il est prêté.

Mais, Sire, j'expliquerai d'abord à V. M. pourquoi je me suis servi déjà de cette locution : *une partie du ministère actuel.* C'est le lieu de faire parvenir à V. M. des vérités qui sont de réelles inquiétudes pour la nation.

Sire, lorsque V. M. nomma son ministère on vit avec reconnaissance qu'elle l'avait composé en majeure partie d'hommes qui, ayant traversé la révolution dans nombre de hautes fonctions publiques, avaient acquis dans ces épreuves de véritables droits à la confiance générale.

Mais on remarqua aussi avec inquiétude une minorité la plus influente, pensait-on, et prise comme *extra muros*, composée d'individus dont les sentimens d'amis peu sincères, bien connus de la liberté publique, devaient se faire apercevoir tôt ou tard dans les actes émanés de vos conseils; et bientôt plusieurs de ces actes vinrent en effet justifier de tels pressentimens.

La discussion sur la liberté de la presse, l'ordonnance sur la police des dimanches et des fêtes (1), la loi sur la naturalisation des étrangers, une sans doute bientôt contre la liberté individuelle, enfin le bannissement de leurs fonctions d'un grand nombre des meilleurs citoyens à cause de leurs votes ou opinions politiques, et le nouveau serment exigé en votre nom, auront

____

(1) On pense généralement que des ordres supérieurs ont arraché cette mesure à M. le Directeur général de la police.

donné la certitude complette de cet esprit d'antipathie contre la liberté publique et ses défenseurs, que l'on redoutait dans une partie de votre ministère.

Déjà la charte constitutionnelle, aux regards de tous les amis de la liberté, de la *bonne vieille cause*, comme le disait l'illustre *Algernon-Sydney*, avait paru une bien légère indemnité de tous les sacrifices des Français pour ces vingt-cinq années de tourmentes souffertes avec tant de courage, et dans cet espoir unique et glorieux d'une indépendance politique.

Plusieurs publicistes courageux avaient signalé avec talent ce grand mécompte national, et quelques autres même crurent apercevoir dans les rédactions des libertés reconnues beaucoup d'arrières pensées, et enfin des moyens de réduire à rien ce qui déjà n'était pas trop étendu ni trop libéral; et la législation que nous voyons s'établir chaque jour est de nature à donner du corps et de la solidité à ce qui n'était dans les premiers momens que des soupçons ou des pressentimens.

Sire, les lois simplement écrites, même les meilleures, sont insuffisantes lorsque l'administration tombe entre les mains de ministres et de personnes hostiles à l'esprit qui les a dictées. C'est ce que les écrivains anglais, et notamment le célèbre *Fox*, nous font connaître relativement à la conduite des Stuarts et de leurs ministres lors de l'époque de la restauration.

Or, dans votre ministère, Sire, les personnes hostiles à notre liberté ne se donnent pas même les peines que prenaient les ministres des Stuarts ; ils semblent ne pas craindre de détruire hautement, par l'administration et par la législation, le peu de libertés exprimées dans votre charte.

Ce serait peut-être le cas de faire sentir ici l'impérieuse nécessité des constitutions pour les peuples et le danger toujours flagrant des chartes ; car celles-ci, étant un simple octroi ou guerdon, semblent susceptibles d'être reprises ou restreintes par celui qui accorde. Une constitution, même monarchique, est au contraire la condition *sine quâ non*, sous laquelle un peuple offre le pouvoir à la dynastie qu'il veut bien juger digne de gouverner par hérédité lui et ses générations futures.

Mais je ne m'arrêterai point ici sur cette grande question, qui mériterait bien d'être traitée pour elle-même, et je reviens, Sire, à répéter à V. M. qu'il paraît bien constant que c'est cette minorité de votre ministère qui a la plus déplorable influence dans tous ce qui émane de votre conseil.

Le serment que l'on vient demander aux fonctionnaires publics en est une nouvelle conception ; c'est un véritable attentat contre une nation dont le gouvernement se compose de trois pouvoirs : un seul l'a créé, et un seul y paraît tout seul, et n'y stipule que son intérêt.

En ce qui regarde particulièrement les maires, j'ai montré combien ce serment était encore plus déplacé que pour tous autres fonctionnaires.

Quel est donc le but que se propose, dans ce serment des maires, cette fraction de ministres hostile à l'esprit même de votre charte ? Le voici.

La révolution française a créé les mairies.

et le régime municipal ; telle fut la fondation large et profonde sur laquelle fut indiquée la construction de l'édifice des libertés futures, base intacte et inattaquée jusqu'à ce jour, malgré que plusieurs édifices aient disparu de dessus. Les maires et le régime municipal furent le coup le mieux porté, le plus fort contre le système féodal. Si l'on me contredisait sur ce point, je renverrais à l'ouvrage du docte *Sismonde-Sismondi*, de l'Histoire des républiques italiennes. Ce sage historien fait parfaitement sentir que le renversement de la féodalité et de ces mille tyrans qui se partageaient cette noble contrée (l'Italie), fut opéré par le régime municipal, qui à une certaine époque s'établit, soit par des transactions particulières, soit par la force publique.

N'est-il donc pas évident que l'un des points les plus importans pour ceux qui se flattent d'anéantir un jour dans notre belle France jusqu'à la moindre liberté, jusqu'à la moindre franchise, est de rétablir cette féodalité, l'objet de leurs vœux cachés. Le motif de leurs menées, depuis un quart de siècle, est de renverser, de détruire ces fondemens solides et certains des libertés de la nation, pour retrouver l'ancien régime.

Attaquer cette institution du régime municipal à visage découvert, eût été peu efficace et trop périlleux, et, faisant connaître à l'instant le but que l'on voulait atteindre, le manquer par trop de précipitation et de passion.

Les hommes hostiles à l'esprit des institutions libérales sont bien éloignés de se conduire avec cette impétueuse irréflexion, qui souvent égare les nations les mieux intentionnées.

Ces gens, Sire, ont pâli sur *Machiavel*, et c'est pour les peindre d'un seul trait que fut dictée, avec un sourire sardonique par notre bon *La Fontaine* cette bizarre maxime : *Le sage dit, suivant les gens, vive le Roi, vive la Ligue.*

Que font-ils ? Leur propre est de chercher à avilir ce qu'ils regardent comme redoutable pour leurs projets. Voilà, voilà ce qu'ils tentent de faire en ce jour contre l'institution des maires de communes !

Il est facile de sentir que, parvenus à avilir et à polluer l'institution des mairies et du régime communal, de là à leur destruction, le pas sera court et franchi rapidement. Contre le mépris, en France surtout, rien ne tient : eh! quelle espèce de respect, de confiance et de regret auraient le droit de prétendre de leurs administrés des maires et des magistrats qui se seraient prêtés à être de sourds agens de police, de perfides révélateurs de quelques murmures indiscrets ou justes contre la personne ou le pouvoir des ministres ! Quelle méfiance va naître! Après les temps où nous avons vécu, la moindre pensée d'une teinte un peu libérale devient *sédition*. Pense-t-on qu'il ne se trouve plus en France de ces vieux élémens d'indépendance républicaine, et que toutes les ames soient entièrement guéries de si hautes espérances déçues? Hé bien! le moindre mot qui rappellerait ces temps qui ne sont pas sans un grand éclat, ou des actions auxquelles toute la nation a pris part, voilà les trames que de bons valets délateurs ne manqueront pas de déférer aux ministres hostiles à l'esprit de la charte.

On ira plus loin, et la moindre opposition aux désirs de la dynastie ou de ses ministres sera *rebellion*. C'est ce que je vois déjà par moi (1), et peut-être cet écrit, dicté par le pur amour de mon pays et dans le véritable intérêt du Monarque, sera-t-il regardé comme une œuvre de *ligue.*

Une fois les mairies avilies, que s'ensuit-il? Le rétablissement de la féodalité et des seigneurs. On détruira facilement ce qui sera devenu hostile contre les communes, de défensif qu'il devait être; on répandra partout qu'il vaut mieux un seigneur noble, généreux, protecteur de ses vassaux, qui jouera, même par instruction, le rôle de bienfaisant, que lui ou ses héritiers abjureraient bientôt, qu'un maire, vil instrument de la police, de la Cour et des ministres. Peut-être même concevra-t-on une institution intermédiaire comme moyen transitoire; mais le rétablissement du seigneur féodal à la place du

---

(1) J'ai déjà été dénoncé au chancelier et au directeur de la police pour des discours prononcés comme maire, et qualifiés de séditieux. Il est vrai qu'ils méritaient si bien cette épithète, que je m'étais empressé de les adresser aux préfets et sous-préfets, ce qui est peu adroit pour un séditieux.

maire sera le but important ; il aura lieu enfin.

Le seigneur féodal rétabli, de là à la restitution volontaire des biens nationaux il y a jonction intime, et les vœux totaux et encore un peu cachés des hommes hostiles à l'esprit national, à l'esprit de la charte même, se réalisent admirablement.

Après le rétablissement de la féodalité viendra, *ipso facto*, en idées monarchiques celui de la royauté par droit divin, par héritage et l'obéissance passive. Enfin j'entrevois le jour où le Peuple français n'est plus rien qu'un troupeau réintégré sous l'ancien despotisme.

Sire, écoutez contre ce funeste résultat ce que disait un homme que l'on ne soupçonnera pas d'être un flatteur de la révolution française ; *Burke* dans son célèbre ouvrage semblait peindre les hommes dont je désigne ici les trames.

Ces anciens fanatiques d'un seul pouvoir arbitraire dogmatisaient, comme si la royauté héréditaire était le seul gouvernement légal qu'il y eût au monde ! Ces vieux enthousiastes de la prérogative royale sont fous..... Comme si la monarchie avait reçu plus particulière-

ment qu'aucune espèce de gouvernement, la sanction divine, et comme si le droit de gouverner par héritage était, à la rigueur, irrévocable dans chaque personne et dans toutes les circonstances, irrévocabilité qui n'est dans l'essence d'aucun droit civil et politique ! (1)

Mais je crois entendre les partisans du despotisme s'écrier, au bout de vingt-cinq ans, qu'ils ont eu raison enfin, et célébrer à grands cris leur victime.

C'est avoir bien honteusement raison, ce me semble, que de triompher par l'avilissement ou la fatigue de l'humanité, qui perd sa force et se décourage !

Sire, la place la plus honorable dans l'histoire est celle que les circonstances mettent aux mains de Votre Majesté. Un homme l'a déjà manqué : elle est à prendre ; aucun mortel encore n'a eu la vertu de placer sa statue sur un tel piédestal !

Vingt-cinq années de gloire et de douleur ont fatigué le Peuple français, et l'on peut être amené à *mésespérer* des destinées qui lui étaient promises par la raison et la philosophie.

______

(1) Burke, Lettres sur la Révolution , page 47.

Le rôle de ces tyrans signalés par l'histoire comme habiles politiques, fut de profiter de telles crises pour river de plus belle les fers des Peuples.

Un héros, un homme supérieur, Sire, loin de profiter de telles circonstances, se jetterait audevant, et, présentant aux tentatives des pervers une nouvelle Méduse placée sur l'égide dont un Roi doit couvrir son Peuple, il précipiterait dans le Tartare de la nullité les perfides *dégradateurs* des espérances du genre humain.... Il dirait à ce Peuple fatigué: Reposez-vous; c'est moi désormais qui vais veiller, et travailler pour votre liberté.

Sire, il faudrait être sincère, et moins on eût osé voir éclater une si noble ambition pour ceux même dont elle cimenterait les augustes destinées, plus il serait glorieux pour le monarque d'en avoir agi ainsi : c'est avec de telles actions, Sire, que l'on commande à la vénération des Peuples, et qu'on s'érige un trophée impérissable de gloire dans l'histoire.

Mais arrêtez même vos transports, gens ennemis de la liberté publique ! Un triomphe passager ne serait pas une victoire éternelle ; les peuples se relèvent de leurs chûtes...

Ét, Sire! n'avons-nous pas sous les yeux l'exemple de la maison *Stuart*, ses fautes, les erreurs, funestes pour ces princes, de leurs ministres, et la définitive et irrévocable déchéance de cette dynastie après une restauration de plus de vingt années et deux règnes! Sire, *Jacques II* trouve dans son gendre même le vengeur de la liberté publique! Les échafauds glorieux des *Sydney* et des *Russel* deviennent des autels à la liberté publique, sur lesquels s'entretient le feu sacré, et le sang de ces justes n'aura point coulé en vain pour leur patrie. Peut-être dans notre France aussi le sang de quelques hommes libres et courageux est-il destiné à couler sur de semblables échafauds, et à partager la gloire de ces illustres insulaires; mais on lira toujours sur de telles tombes: *exoriare aliquis nostris ex ossibus ultor....*

Les voies de la destinée des Nations sont presque incompréhensibles, et se perdent dans les décrets éternels; mais il est de nos jours un heureux augure, Sire, qui semble pour votre maison l'une des plus éclatantes leçons données par la Providence, et l'un de ses plus grands bienfaits; car, tandis que la

France s'égare et se fatigue en cherchant la liberté, l'Etre-Suprême vous conduit par la main, comme un autre Télémaque, chez de nouveaux Crétois. La Minerve de nos jours, le malheur, vous fait par des exils et des orages acquérir sur la législation de tous les Peuples de l'Europe des connaissances propices à la France ; et lorsque la France semble oublier la liberté, la Providence vous apprend à la connaître, à la respecter, à la chérir chez le Peuple qui a été votre dernier refuge avant votre retour dans votre mère patrie.

Sire, les temps de révolution sont des époques de douleur ! L'histoire prouve qu'elles sont inhérentes à la nature humaine. La véritable gloire est qu'au moins des leçons si chères soient profitables aux nations. De grandes victimes tombent....... mais les vengeances particulières déshonorent......... Sire, les mêmes vingt-quatre heures ont été pour V. M. et pour celui qui se présente devant le trône la source de regrets éternels et des plus hautes douleurs......... Mais la patrie élève sa voix ; ne voyons que la postérité ; que d'illustres catastrophes servent au moins au salut de tous et à la liberté publique !

J'avais pour motif, Sire, de faire connaître à Votre Majesté par cet écrit que le serment proposé aux fonctionnaires publics, et notamment aux maires, est un funeste conseil donné à Votre Majesté, est immoral et avilissant, par conséquent nul envers de la probité; qu'il est l'œuvre de cette fraction de votre ministère, qui, hostile à l'esprit de votre charte même, se propose le renversement de la liberté publique; que de telles trames peuvent être funestes à la France en égarant l'opinion momentanément, en détruisant les fondemens de la liberté, et à votre dynastie en l'exposant plus tard à des retours presque certains d'une meilleure opinion nationale; que le serment des fonctionnaires publics, ou partie de la constitution, ou l'œuvre des trois pouvoirs législatifs, doit être autant la sauve-garde des libertés publiques que la sûreté de la dynastie; qu'une conception contraire semble autoriser pour l'avenir les craintes les plus alarmantes, et caractériser des intentions entièrement despotiques.

J'ai rempli mon but: je m'abstiendrai de conclure, sous les deux objets du serment et de la portion hostile du ministère; je m'en rapporte à la sagesse du Monarque et des deux Chambres.

Mais on ne s'étonnera pas, Sire, si je n'ai pas voulu prêter un serment que je voyais sous d'aussi sinistres augures ; j'ai refusé.

Si quelques gens, habiles à dénaturer les meilleures intentions , voulaient s'attacher à falsifier celles qui m'ont dirigé dans ma conduite et dans cet écrit, je leur dirais d'ouvrir notre histoire : ils y verraient à plus d'une époque d'honorables refus et protestations de nos pères contre l'arbitraire des ministres et les écarts de vos ancêtres. Qu'ils lisent ici pour dernière raison la lettre de ce *Mont-morin*, gouverneur d'Auvergne, adressée à Charles IX :

« *Sire, j'ai reçu un ordre sous le sceau de*
« *V. M. de faire mourir les protestans qui*
« *sont dans ma province : je respecte trop*
« *V. M. pour ne pas juger ces lettres sup-*
« *posées ; et si*, ce qu'à Dieu ne plaise, *ces*
« *lettres sont véritablement émanées d'elle,*
« *je la respecte trop pour lui obéir.* » (1)

C'était dire du ton le plus noble, et le plus

____

(1) Voltaire, Essai sur les Guerres civiles.

fort, on trompe V. M., ou tout au moins on la sert mal.

Sire, ceux qui séparent les actions des rois des grands intérêts des peuples préparent des révolutions, révolutions qui, propices au pouvoir royal, ou à la liberté des peuples, sont toujours de funèbres époques pour l'humanité.

FIN.